情似迷迭喚影雙

平梵 著

情似迷迭喚影雙

出版者●集夢坊
作者●平梵
印行者●華文聯合出版平台
出版總監●歐綾纖
副總編輯●陳雅貞
責任編輯●周宣吟
美術設計●陳君鳳
排版●陳曉觀

國家圖書館出版品預行編目資料

情似迷迭喚影雙／平梵 著
-- 新北市：集夢坊，民104.09
面； 公分
ISBN 978-986-91398-7-8（平裝）

851.486 104014761

台灣出版中心●新北市中和區中山路2段366巷10號10樓
電話●(02)2248-7896 傳真●(02)2248-7758
ISBN●978-986-91398-7-8
出版日期●2015年9月初版

郵撥帳號●50017206采舍國際有限公司（郵撥購買，請另付一成郵資）
全球華文國際市場總代理●采舍國際 www.silkbook.com
地址●新北市中和區中山路2段366巷10號3樓
電話●(02)8245-8786 傳真●(02)8245-8718

全系列書系永久陳列展示中心
新絲路書店●新北市中和區中山路2段366巷10號10樓 電話●(02)8245-9896
新絲路網路書店●www.silkbook.com
華文網網路書店●www.book4u.com.tw

本書係透過全球華文聯合出版平台（www.book4u.com.tw）印行，並委由采舍國際有限公司（www.silkbook.com）總經銷。採減碳印製流程並使用優質中性紙（Acid & Alkali Free）與環保油墨印刷，通過碳足跡認證。

目錄

采詩集

情的故鄉

秋意入江
蜿蜒情路百轉
時光卷軸上
愛　停留在玫瑰的彼岸

我輕吟在水一方
愁不相看
竟也將月下唯美
畫成紙上的傷

我聆聽寂寞秋蟬
遺忘煙冷心房

游移的目光
憐惜著落花飄墜向晚

愛情於酒醇釀
戀你在忘為難
時空無窗
相見迢遙遠隔山外山

天涯從此兩端
緣分可否逆轉
燃一縷心香
我會等你在情的故鄉

情影不分明

我曾經戀過一片雲
但雲
並未因此而靠近

我曾經愛過一池柔水
但柔水
並未因此而更清晰

如果有一天
天不再流淚
你是否
還會記得細雨中

我的吻

走失的青春
逝去的戀情
一如
星辰看不見月光
河流飄不到海洋
那樣的
淒淒找尋

這夜
我聽雨在找心
舊景靜默
如新

彷彿所有愛的迴音
再次盤旋
不停

你的影子
離我越來越近
似幻如真
情也不分明

情的第五季憂傷

山丘上
楓紅的葉
眷染著冬涼

雲霧裡
月下的風
搖晃著海洋

天空　半掩著夕陽臉龐
海鷗　舞動著金黃波浪

而我

卻走入了第五季的憂傷
從春暖到迷上冬霜
從翠綠到愛上蒼茫
誰說苦痛一定要將它遺忘

我笑痴　我笑狂
情的第五季憂傷
寫在了　冬天背後的牆
寄在了　春天遙遠前方

我愛悲　我荒唐
情的第五季憂傷
染白了我　季節的迷惘
顛覆了我　未來的想像

冬季的老樹一樣堅強
春季的花朵一樣繁忙

而我
只想停留在這第五季的憂傷

情愁吟

簷雨音
滴夢醒
誰人眼中淚盈盈
孤窗落筆訴衷情
燈下影隨行
思愁寄風聽

青山徑
浮水亭
何處無憂
哪堪回首

一池湖水暗冷清
三更風起飄落英
緩緩醒月明
竹笛望瑤琴
天上人間怎相迎

情繫樓蘭

夕陽金黃
閃耀無盡沙山
風雕的稜線
是永恆與你漫舞的飛翔

時光橋廊
頹城荒草煙漫
苦等的容顏
糾纏何曾被遺忘的遺憾

古國的王
看不見兩千年後的月光

淒美神話一段
淚眼雙手埋葬的樓蘭

寒夜冷霜
宿命流轉
你眼神憂鬱的傷
深刻在我永世輪迴的心岩上

擒月欲止滄桑
歲月　又怎能將渴望瀝乾

你　美若星河般的璀璨
可還記得我　曾是你樓蘭的王

情是否再見

夜沉沉的睡別讓我憔悴
風冷冷的吹別讓我傷悲
春夏秋冬我都不要誰
只想一個人　你來陪

難忘的季節
想念的夜
愛情誓言
寫在今晚柔柔的月光上面
問你是否看見

霓虹燈下的街

忘不了的午夜
緣分斷了線
失去彼此存在的空間
風雨和思念交接
冰冷與溫度堆疊

為什麼讓我愛上了你
然後不顧一切
為什麼讓我的心如此頹廢傾斜
造成解不開的結

拋下所有一切
只願與你再見一面

情醉春風

微微的風
伴著今晚的夜空
吹皺了　荷塘春水一夢
帶走了　幾片夕陽殘紅

昨夜的花影
如今飄落成塚
淒美了院庭
辜負了往日情夢

我教春風

別走得太匆匆

我教夕陽
留下一抹霞紅

譜一段相思戀曲
告別一場離情的傷痛

晚鐘　聲輕送
相逢　詩意中
情酒對雙杯
你我陶醉在春風

情髮結霜

月倚窗
燈影搖晃
我將思念打翻
冷了心中微寒
疼了柔弱舊傷

愁　隨晚風襲上
愛　變得冷漠荒涼
望手蒼白一雙
闔眼疊枕難安
淚水越過傷心門檻

悄然滑落臉龐
你溫柔的模樣
教我如何將你遺忘

戀冬季
模糊中　我不孤單
失去你
日子折翼無法飛翔

遠望河堤水岸
我將心捧上
愛你的門　想關
不忍再見黑髮暗暗結霜

情長若水寒

秋霧夜結霜
愁影影籬欄
歲月不忘
相思兩難

梨園夜夢長
冷意步蹣跚
柔情總傷
何處仙丹

前世緣一場
今生別引禪

古燈弱照案頭香
月稀朦朧人黯淡

淒淒說渺茫
楚楚離水岸
遍灑清花將情葬
紅燭垂淚幾年寒

情曲憶流年

彈指琴間
撥弄情弦
一曲一韻思華年

愁看碧雲天
徐徐歸雁
尋覓一世痴戀

南風洌豔
冷暖幾多花季流年
多情迷惘
盡付愁苦詩篇

月光下
揉碎心事萬千
清澈了誰人婉約雙眼

揮著柔情似水的劍
舞情緣
那一遍又一遍的纏綿
落盡冬雪未眠

曲水邊
難捨蝶影雙雙流連
風煙殘夢般的眷戀

情定楓中

冬風冬雨落輕舟
思人思物滿西樓
醉也冬風
醒亦其中

離人幾許離鄉愁
別情總在夢醒後
讀也成空
寫亦難逢

望穿透
撫絲綢

冷暖已盡
髮白頭

幾世等
情獨鍾
緣定三生
楓成紅

情被偷走的傷

誰偷了今晚月光
讓長夜變得漫漫

你撥方外琴弦
情傳萬水千山
我搖手中鼓響
音　卻不過眼前山巒

岸邊小船輕晃
街燈細雨來問茫茫
秋意詩篇
可否唯愛書情行行

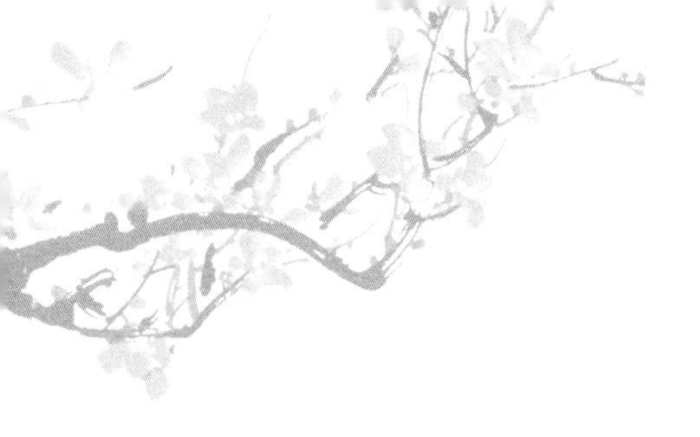

你是我僅存的浪漫
愛的絕響
你若舞姿翩翩
我便隨風悠揚

可嘆
誰偷了前世月光
讓你再也憶不起過往
你在閣樓一笑嫣然
奈何　突把窗關
留下一夜涼寒
片片秋傷

情夢

畫一夜星空
月色朦朧
飲一晚秋風
醉了也入夢

流雲過眼匆匆
情字研磨太濃
青竹微音
催醒戀人痴心的夢

弦月如弓
別射傷我的情有獨衷

昨夜雨樓的重逢
原來只是晚窗一場夢
滿園寂靜去又深
別問我對愛到底懂不懂

落葉飄逸輕輕
思念惹多愁容
把愛盼作遲來的楓紅
你是否會失約在今年河畔的冬

情的輪迴

輪迴的神話
遮掩落日晚霞
奈何橋上
情路被迫分岔

我眼含千年風沙
堆思念成塔
只因留下
對你不變的牽掛

我讓雨聲為你滴答
我遣四季為你開花

不畏烈日風颾
只問你　還能記得我嗎

月冷　伴落花惆悵
風涼　隨秋心感傷
念念對你的不忘
翻滾在每一次的潮來潮往

許一個來生願望
輪迴的力量
別讓我們的愛從此埋藏

婉轉　堅強
與你戀在下一個世紀的月光

情舞雨蝶

雲走孤月
雁飛留影映照冬天殘雪
醒了沉睡精靈的蝶

風舞浪邊
聽海留聲湧入咫尺心田
淚了望雨紛飛的眼

絕美的情絲
難懂的離別
山嵐中的期盼
解不開的宿怨

緣何故不願

忘不了的碧雲天
畫入相思
畫入一幅
永恆不朽的蛻變

情的文

點亮桌上一盞小燈
寫下一段平凡的文

某天你的眼睛
打開了我的心門
走進了我的靈魂

幸福是種氣氛
但掩不住愛你的深

每當你離去的時分
留下了我些許心疼

寂靜的夜已漸深沉
想起你不再會有冷

日子雖然沒有多彩繽紛
總覺得所有的已經可能

該說出了內心的真誠
只知道不能再讓你等

思緒隨著心情狂奔
在每個有你的夜
一切是那麼的真

我會帶著你的心
漫過人生的旅程

情之碑

冬之雪
藍彩蝶
蝶舞江邊落英飛
雪染楓紅夕陽歸

話離別
愁對月
月影映畫人不回
別情絕傷花兒墜

淚眼垂
莫問誰

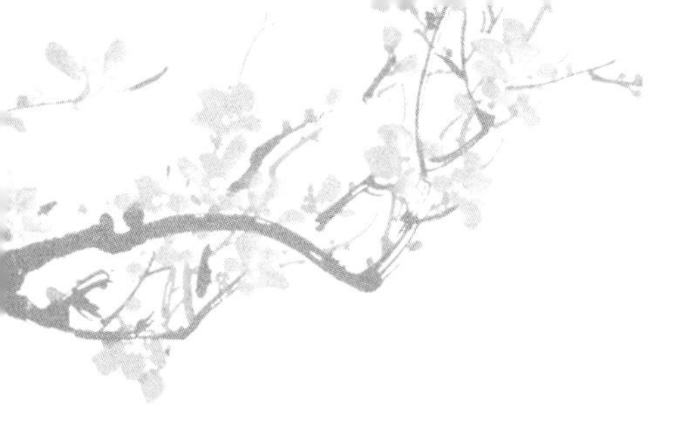

傷心對殘夜
悲苦換沉醉

漫山荒煙星光微
亭樓雨歇
蝶復飛

愛無悔
紅塵輪迴
雋刻永世情之碑

情隨潮忘

藍色月光
穿透
午夜憂鬱的傷
癒合著
無力再愛你的一場

青水碧塘
倒影
弱花芙蓉模樣
愁引著
寫你畫你的墨涼

惜別雨巷
儷影深深迴廊
打不開
你鑲在時間渡口
那扇小小的窗

深情的枝葉
在風擺盪
抵擋
思念欲凝結的霜

心海潮浪
親吻來時的港灣
翻越
你築我底心
那道寂寞冷冷圍牆

情難捨

畫不完花間唯美顏色
寫不盡愛情苦苦抉擇

月下滿懷執著
沉吟的歌
只剩雨
碎成心事來合

痛一次
傷一場
你的影子
似霜雪飛落

未曾遠離過我的深刻

夢裡迴盪的承諾
現在這樣的結果
時間能不能散盡迷惑

秋塘枯萎的月荷
等待成了不捨
晚風吹來寂寞
雨在為誰難過
思念渲染成筆下濃濃墨色

情別秋緣

月未圓
相思滿念
風凌窗前
颯颯夜難眠

青瓦屋簷
歲月刻痕難掩
凝思指尖
書幾行靜默詩篇

春逢秋別緣淺
夢短情散如煙

傾我幾世溫婉真言
換你短暫深情回眸雙眼

紅塵過盡萬千
情網織戀綿延
春水望秋顏
何日與卿再相見

情舞

一葉楓形
染紅了無語心中
一道雁影
連繫不了折斷時空
紅顏一生
看盡多少繁華塵封
冬時冷
暖一壺春釀女兒紅

杯酒相逢
對飲山嵐煙雨霧濛
遠眺深處幽靜
何日再舞一曲比翼雙飛夢

情路不歸

尋一處悵然時節
我染愁滿懷
我思緒飄盪

捻一道夕陽殘雪
任悠悠傾斜
任緩緩融傷

相思無界
情無解
月落他鄉
夢迴廊

暮色層層愁滿堆
一簾一幕落心扉

荒山枝葉微
風起霜雪飛

忍思淚
憶無悔
孤燈照影影憔悴
誰人雙眼望穿回

情冷花香

柳影搖曳
煙雨水寒
鳳蝶單飛珠淚含

一夜孤琴
思念未央
紫蓮飄香入羅帳

愁上岸
月下思斷腸
雁歸南
獨留花冷香

燃燈一盞
暖微光長廊
相思夜半
望舊畫神傷

露溼雙眼
黯然夢迴惆悵

情歸迷霧

紅豆相思人不思
倩影歸去淚不止
誰人輾碎了思念的紙
誰人朦朧了歸情迷霧

花語情史
金風玉露
流水帶走落葉的苦
倦鳥忘返林間歸途

花語暮暮朝朝
思念鎖眉難逃

遠方雲蹤裊裊
遮掩月影路遙
煙雨濛濛落英飄
輪迴情字奈何橋

情深難忘

尋一隅花葬
盡付曲水流觴
飲一勺瓊漿
任我天際孤航
夜半的神傷
紛飛在藍藍海洋
佇立在冷冷岸上
夜如此蒼茫
灰黑了心中港

暗淡著靈魂窗
風捲隨浪
紅顏難忘
遠颺

情的承諾

夕陽悄然滑落
那等在月光下的夜晚
是你一方輪廓

濛濛秋燈不點
簷下離人
黯然寂寞

青石牆上
薔薇粉黛
妝點嬌豔過客

層層的心
卻似苦纏的藤蔓
望著凋零
倚風葬花落

讀你
是首演繹不完的詩歌
愁裡不說
夜盡
休思念可否

給不起的錯
我是晨曦的蘆葦
也是風中美麗的承諾

情何必天堂

當我　流浪
當我折了翅膀
我已經決定
為你放棄天堂

不願喝下　那孟婆的湯
是怕今生　忘了你的臉龐

你說記憶不起的過往
所以寧願將苦
往心裡藏
裝作堅強

多少個思念的晚上
心依舊陪伴在你身旁
渴望飛翔

我
凝望著　每個晨曦的方向
靜待著　每日夕陽的昏黃

只想再一次牽你的手
翻越那無止盡
輪迴的牆

情永相隨

清風揚柳
三月弄梅
堤岸春意回

竹林徑上
星光暗微
誰人吟詩作對

月下酌酒滿杯
一場淺醉
半生無悔

尋一處蝶舞花飛
踏一池荷葉青水
落英紛紛
情永相隨

情韻芳年

水面疊影芊芊
惹人相思翩翩
惹人情牽綿綿

為愛走盡天涯
為愛封筆絕傷
翠竹隱雕長嘆

一世完美絕戀
傳說優曇奇花
願守冰封情緣

天際餘暉作硯
殘情餘愛入墨
寫首餘韻芳年

情若狂野別說再見

蝶戀花叢間
風戀彩雲變
海戀藍水深
人戀生死緣

冬月映無邪
月影照我無眠

思念情無界
念你在我心田

春融雪

流水潺
情寄楓紅一葉
霧鎖瀰漫水煙

漫長季節
想念的夜
想你那雙憂鬱的眼

星若隕跌
別跟我說無怨

心若狂野
別跟我說再見
遺忘今夕是何月
只醉今朝意綿綿

情藏

三月霜雪藏
寅時星微光
曲終殘夢醒
懷憂飲杜康

輕舟江隨
月影畫悲
思緒一筆
愁鎖雙眉

曉風拂傷
心海逐浪

莫負君卿

情深難忘

情逝如風

我把藍色塗上天空
我把繽紛畫進彩虹
可是你卻成了風
吹走了愛情的夢

我將回憶裝滿信封
送進歲月裡塵封
寫不進你的愛情
海誓山盟
褪色成煙雨霧濛
昨夜的情

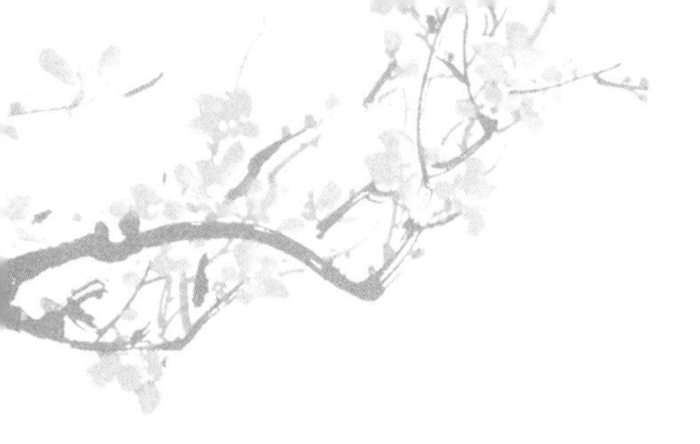

驀然進了今晚的心情
今夜的雨
想起多麼熟悉的身影

隔著幾盞街燈
彷彿傘下獨自的人
又帶走了我的心

季節已不見寒冬
感情卻留下了傷痛

抖落一身思念成塚
送走半生
情逝如風

情映愁廊

望瓊樓
雨露春霜
花戀蝶情語
盼夢長

出香閣
風襲夜涼
三更心
絲綢繡滿傷

無月照東廂
殘燭映愁廊

憶難忘

嘆煙雲

柔情迷茫

鴛鴦扇

思卿點落淚珠光

情的解藥

滿月潮
思念難逃
風狂雨悲
請給我解藥
解開我
苦戀你的煩惱

風月笑
古樓石橋
幾世情隨
請告訴我
如何留下你的好

別再叫我
用時間把你忘掉

情緣飄渺
尋你一世
秋霜冬雪融消
你是否感應得到

午夜鐘聲繚繞
醒我一身
歲月漸老
微風情挑樹梢
拋棄那愛情解藥
請容許我
再次將你輕盈擁入懷抱

情的心何曾遺忘

玻璃色的外牆
隔望街頭兩旁
有時熱情
偶爾感傷

熟悉的臉龐
想念的徬徨
落在了街角那盞熟悉的微光

拋下自以為的喧囂匆忙
欣賞著路人影像
來來往往

慢格播放

城市裡的快閃相框
鋪在了每一條謎樣的走廊
思緒來回遊蕩
記憶簡單收藏

今晚的夜很不一樣
所有的感覺分外明亮

是否這難得的想
已融入了夜晚寂靜的涼

城市的心在遠方
但你的心
我又何曾把它遺忘

情何曾停留

愛逝了
情很想走
如果那是
輾轉一生必要的承受

那麼
就讓孤獨常伴我左右
撫慰著靈魂寂寞
也為我心深處佇足停留

離別秋冬
天寒露水涼幽

我拾起荒蕪一地的憂
留下了過往你的溫柔

漫漫長相思難看透
你是否
依然還記得我
你是否
還有輕輕回眸

情思切切

八荒無界
時光堆疊
落日晚風心
任情忘歲月

春紅無邪
寒暑曠野
不動流水意
情緣何曾滅

借一首天上詩篇
譜一曲人間宮角

繁華盡寫
浮生何年

一路翩然來
雨露溼階台
婉約一世勝千載
淺筆淡墨書情懷

情忘流水年華

春紅不解萬種風情
落葉不懂季節精靈
冬雪不知春想早行
苦苦等待冷霜離境

情已逝　自此
我搖槳來　飄舟去

不問世間　何年歲月
不理天上　是何宮闕

我為你譜首千年曲
你為我已冰冷的心
彈奏永恆的旋律

情意真實

寫一首詩
那是遙遠你不可能的知
因為我們的愛已經停止

曾經你的離開
我的天空黯淡沒有色彩

曾經無悔的等待
心底只剩傷痕與殘骸

午夜一聲嘆息
不見昨晚　淒雨後的月

卻見纏綿　青燈下的街

一朝為情苦
茫茫相思路
仰望浮雲
讀你寫不盡
念你說不完

風如果仍痴
夢想篇篇為你而織

愛如果不死
情永遠為你而真實

情似飛蛾

如果有一天
雨乾了
雲的眼該如何望著

沒有淚水的快樂
情　不過是
失去風景的火車

如果有一天
風停了
海的心該如何愛著

沒有漣漪的波折
愛　不過是
捨棄靈魂的軀殼

如過有一天
我愛了
你的心是否能夠懂得

撲向美焰的飛蛾
命雖逝了
卻留下過瞬間的火熱

情雨後的月圓

碰不到的指尖
已漸模糊的臉
遺忘的留戀

無語的星空
對著冷山冷水的相逢
心似憂鬱的風
暗自在今夜雨中吹送

如果愛是那麼飄緲
就讓雲知道

如過傷是那麼難熬
就讓今夜的雨緩緩沖掉

為何總一轉眼
回憶影子還是浮現

不想愛你的這天
就讓雨
分不清淚的雙眼

來去間
今生緣
不再有你的流連

放下誓言
饒過從前
未來的花好月圓

情關如網

昨夜離別的匆忙
愛你的那扇窗
我忘了關

腳下踩著徬徨
影子多了道傷
情感路上跌跌撞撞

情海蒼茫
不悔的地老天荒
倔強與堅強
誓言可不可以地久天長

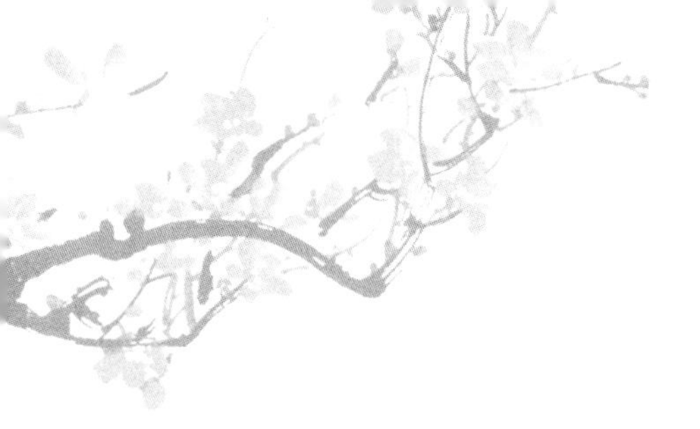

花已向晚
離人淚眼孤單
今夕冷唇難再成雙

想再尋找
夜晚裡熟悉的香
想再沉浸
愛情裡柔柔的月光

織夢的網
將我網在
最初愛你的地方
牢牢　不放

情雨夢中

雨落窗前風鈴
側耳傾聽
簷下黃鶯
唱響年少曾經

拾起記憶中
片片碎瓦殘鏡
迷戀著幾季枯萎殘冬

於是
我愛上了
情雨中的朦朧

今夜
又吹起心事的風
吹得我思念更濃

這一幕幕的雨
淋溼了我憂傷的夢
想痛
想醒
好安靜
如此閃亮晶瑩

情在遠方

早晨
透過指尖的陽光
憶起了年輕時有過的夢想

心乘著微風
黏上彩雲的翅膀
飛往未知的方向

記憶裡
愛從未曾遺忘
傷痕是張無形的網

網住了你我
於紅塵的兩旁

山　是搖不動的　槳
水　是停不了的　傷

山水依戀兩茫茫
天涯在遠方
何處是歸航

情雨啼啼

水潺潺
望兩岸
情緣風逝理不斷

心蕩漾
留芬芳
倩影映水月兒彎

紅塵迷茫
多情神傷
緣分來去兩相忘

遙聽煙雨啼啼
幾度春秋
戀戀情如一

天涯暮色
風月棲
誰人相思
佇河堤

霧裡雲深不知渺
情深寄雨忘迷離

情思華年

曉風未寒
花落情冷何辜

山嵐翠竹
引墨無數
愁思華年
傾城一戀一劫數

情

午夜幽雲
纏綿悱惻的愛情
你曾說
會陪我呼吸每一個黎明

逃到夢裡
依然躲不掉你留下的影

昨夜的認命
我在等你
等你在
每一顆劃過天際的流星

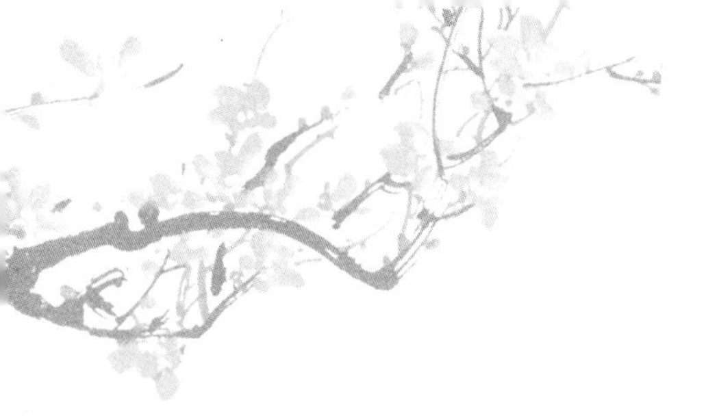

哪一顆是你
我輕嘆捉摸不定

你是溫柔的曾經
愛與痛的回憶
深深了我的院庭
碎了我的心

離別的景
好似散開的浮萍
一任在水飄零

淚滴響了無弦琴
音符轉動月輪
遙寄深情給你
來聽

情是玫瑰的承諾

玫瑰的愛
沉默
滿山荒野盡是寂寞

冷月的情
失落
冬天陽光不再溫柔

我扶著冰冷水流
想找到
思念影子的遺留

我望著凋零花朵
想傾訴
傷心淚痕的憂愁

悲月的苦幾時能休
滄海的痛是否還能承受

自從別後
我依然守著玫瑰的承諾

斷了花季流年已走
塵世裡
留下一個愛你的我

情影未曾離

一片落葉
一片心

一朵浮雲
一縷情

我在柳妝荷岸
輕歌捉夢影
碎雨入鏡
寂寞曲橋風停
昔日一盞燈

燈下三年影如新

夜色迷離
夢斷不醒
晚鐘清音
恰似你聲喚我名

誰說融雪無痕
流水戀過無跡

久別遙遙問後期
一句真心
點點化作池畔青萍

情路遙遙

情不負
愛無苦
翦風伴行浮生路
斷水停傷人不孤

山盟誓
一生緣
痴情遙望水雲天
江山多嬌為紅顏

秋月涼
何曾傷

星野依稀兩相忘
天地有情任翱翔

情走天涯
滄桑途
星落無痕
忍孤獨

愁看雁影柳上思
紅塵一夢盡荒蕪

情的背影

昨夜星辰昨夜風
一縷深情款款送
你若不來
今晚心事又重重

思念成空
愁眉兩相逢
流連在你溫柔懷中

流淚在有你影子的夢
算了吧　未了的情
算了吧　花殘的心

冬天的背影
像是離別的愛情
冷得讓人無法靠近

愛你很深
我很慶幸
如果可以畫心
會是翡翠般的晶瑩

情的背影
夢中是否可以不醒
想永遠留下你的名
藏在角落孤寂的心靈

情的流浪

你說喜歡我的唇
於是我留了吻
在你每天醒來的早晨

你說喜歡跟我一起夢
一同走過青春
一同跨越飄緲無垠的星辰

無論四季
如何傳說
如何緣分
心　未曾有過的悔恨

我為你
翦了　海洋的傷
引了　風的方向
許了　流星般的願望

我將思念的月
掛在夜的身旁
願你
只願你
從此不再流浪

情的徬徨

天上仙樂飄飄
人間梵唱悠揚
海潮花　心裡浪
覺痴心　神自傷
塵世情緣難透
戀天戀海徬徨
心靈半生迷惘
有愛有恨無妨

徬徨　徬徨
愛情執著兩難

情已成真

曾經你的吻
落入了我的僅存
曾經你的夢
帶走了我的靈魂

其實你並不殘忍
只是我很笨
靜靜的一直在等

我　只有一生
雖然結局已經遠離了可能
你的心依舊暖著我的冷

冬天葉子　凍著的傷痕
在等春天　送來的平衡
愛情越深　越無法完整

來世所有的緣分
已經換取了今生的心疼
多情總餘恨
夢早已成真

情鎖眉

煙雲細雨微
任情淚相隨
韶光年華別
惹愁擾心扉
暗淡月
霜雪飛
輾思念盡碎
冷無解傷悲

文無題

畫無筆

冬愁鎖上眉

莫問誰負誰

春來猶寒一翦梅

情影

靈魂的眼淚
也許是你不懂的淚水

借幾朵雲
寫上難忘的名
託幾縷風
表我思念情衷

五月近晚
夕照水煙簾櫳
餘暉落盡
月映雁字飛鴻

我披上一身
夜色輕柔
伴著月影
追尋著未完的夢

嘆這一生　怨誰情難
恨這一晚　如此夢短

黑夜黎明
我仍戀你深深如影

情化蝶傷

淺淺淚光
化蝶傷
塵煙往事
海潮浪

今生難忘前世情
願有來生為紅妝

思念登上
飄緲峰
紅了眼眶
紅了楓

若問此情深刻否
千次輪迴千次求

情的夜想

簷前停雨相思長
紅燭影迴廊
荷塘柳揚飄蓮香
暮遲露成霜

月眉彎
愁對窗
舊筆書成傷
清歌醒竹翠笛響
曲盡猶思憶難忘

情難

晨時露
夜時暮
常想的兩刻
忘我
多了許愛情如故
空下的想
仍是情歸你處

山的寬
海的藍
難忘的容顏
想你

思緒中滿載夢幻
留下了情
依舊思念不斷

有時忘
偶爾想
騙己的手段

留心在遠方
渺渺茫茫
餘下的難
念你總在我的身旁

情霧那頭

街燈照影
石橋月光落
一方鄉愁在北城郭
幾片飄葉黯引回首
淒風冷透
凝望雙手
何處往日溫柔
冬未走
卻早憂春惆
若說情錯

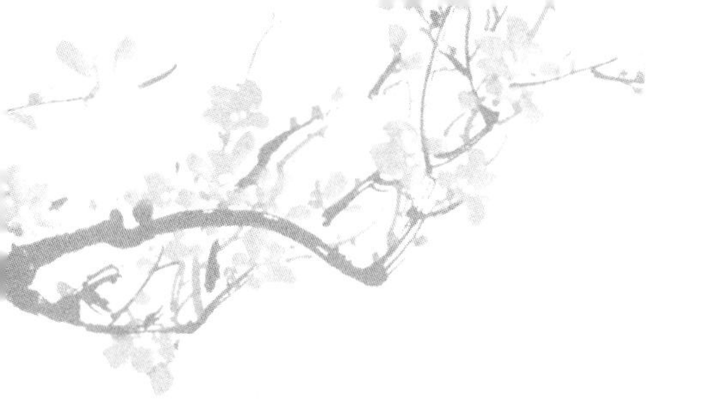

何須再等繁花朵朵

風吹西柳
候鳥棲南陌
遠處煙波
久久盤旋東樓

曲水悠悠
幾多韶光流
一彎彎最後
誰會等在情霧散盡那頭

情若美何需安慰

情酒一杯
濃得如此沉醉
疼惜的眼淚
滴落冰冷湖水
憐憫成憔悴

凋零的梅
等待成了灰
午夜玫瑰
何時再開滿愛的花蕊

心已累心也碎

卻沒有過後悔
沒有怨懟
真情誰能給
誰來安慰

風起愛相隨
花開蝶情飛
等待著熟悉的香味

不是痴而是絕對
只因你是我愛過唯一的美
唯一的美

情雪如煙

寫一首情歌
抒我優柔心弦
摘情豆幾顆
種我思念心田

月影落河
水映未了情緣
情別難捨
字字淒婉幽怨

愛戀苦澀
愁了春顏

微風冷上秋閣
無語深情眷戀

凡塵一夢流霜緣
夢深未醒數千年
前世雪
今生見
幻作縷縷情絲煙

情深獨處

曾經的愛
好似高山飄零的雪
冰封

有過的情
一如四季嚴寒的冬
知冷

愛恨離別苦
相思入夜幕
明月映照心靈漂泊的路

流水喚孤獨
風吹醒綠竹
情背負
傷無助
豔蕊是落花唯一的包袱

眼角凝結了雨露
還惹得思念淚珠
遺留下愛情裡
懷念的獨處

情是未知的緣分

跌進了紅塵
你是否
還記得斷了線的緣分

盼碎了永恆
你是否
還堅定著未知的來生

走入你的人生
會是我最美麗的緣分
離開你的人生

會是我最痛的心疼

我問自己
拿什麼
換你絕美一生

我又問自己
用什麼
讓你願意為我而等

苦苦追尋
夜夜狂奔

在每一個想念的時分
燃燒的
將是我最後的青春

情思河岸

忘川河畔忘情傷
記川河畔憶情郎
風戀花情語
水隨相思長

雲河遙遙遠望
點點瑩亮
恰似閃耀著心靈樂章

夜聞幽蘭　素雅芬芳
平愁雙肩　情深兩茫

月滿金黃
思燈黯然點上
無限愛情想像
浪漫遺忘
一縷臥香燃　幾多費思量
情暖換冷寒　別來可無恙

情無解

晚風徐徐
冷凝的氣息
思念已成無語
愛情化做淚決堤

輕聲問雨
悲傷總是你
風兒彈奏一曲
別感情無解習題

楓紅時分中偶遇
烙印難忘冬季

寄情絲一縷
輕輕傳遞

情願將一生給予
相擁柔情懷裡
愛不變延續
浪漫天際

情長不言悔

來時夢中
醒時冬
碧水迎風入花叢

細雨絲絲
怎加總
思念更比花香濃

春雷半天　晴空
雨落遠山　針松
池畔鳥鳴　水鷩
飄泊浮萍　寄情

紙短
愛總難回
情濃苦苦滋味

剪片金枝玉葉
執刀凝望台階
毫芒刻盡
灼淚無痕
晚風微微
情深何必言悔

情醉半生緣

月下撥心弦
獨思花香前
孤星不眷
冷月不戀

春風雨柳斜
花謝情不滅
曉鐘聲聲心
鏡影對殘夜

竹林三月吹雪
遠山薄霧嵐煙

愁思無界
孤燈無眠

繁華散盡塵煙
季節舞動流年
心似凋零一葉
枯萎黃土江邊

攜幾片雲彩竹簡
戀一段柔水情緣
神仙何羨
鴛鴦何戀
情酒知濃烈
醇醉半生緣

情的月雨

從月亮下起的雨
穿越了思念
與你在仲夏夜相遇

天邊佇立的人影
約回憶一起聆聽
沉醉在這一片煙濛湖音

月雨絲絲的晚上
雲在躲藏
風在愁唱
我的愛點點落在你的身旁

月雨不是我的想像
而是傾城迷戀的瘋狂

雨的情緣總是匆忙
深怕將愛遺忘
遺忘了你的模樣

就託這月雨
掩過柔和的月光
淋走愛你一世的情傷

情為誰給

情似折翼的蝶
嘆花美無法高飛
忍珠淚
怯飲露水

望流光傾瀉如銀
夜暮垂
年華無悔

愛似豔麗的蛾
向紅火投身不回
忍焚眉

何怨為魅

戀流星美過無痕
紅塵隨
千年沉醉

夕陽西下
星光微
晚風拂柳
草上吹

藏心花蕊冬時醒
春情回憶誰人給

情翼雙音

青山煙雨濛
子夜思更濃
流水戀小橋
情寄夜春風

別情雨
遮月雲
幾生相守幾度去
紅塵夢絕星無垠

楊柳暗綠
湖水冷心

何日彼岸再相聚
情唱比翼蝶雙音

情的我們

我的愛
沒有永恆
只有淡淡對你的真

我的愛
沒有恆溫
只有些許浪漫溫存

雨的天有些冷
但減不去我想念你的深

你說

有顆愛我的心
所以我把它藏在了靈魂

我說
很喜歡你的唇
所以愛上了你熱情的吻

我的愛
沒有黃昏
只有對你的奮不顧身

情感路上的我們
悄悄為你留了扇幸福的門

情深悠悠

幾多年華幾清秋
楓橋望月欲斷愁

閒雲輕柔
堤岸綠柳
尋一處韶光卷軸
點春水墨灑濃稠

燭火滿樓
相思從頭
朱顏紅唇人憐清瘦
倩玉蕭聲為誰獨留

曾經滄海恨情休
幾簾風雨怎看透
一杯薄殤酒
深處何怨尤

情夜

子夜
早霜淡月
我沏一壺春茶等你來歸

庭前
落花幾葉
等你推開門扉攜來安慰

一層心事一層疊
幾重相思人影斜
不寫風不寫雲

只寫你
因為我的眼中只有你

不戀星不戀海
只戀你
因為我的愛情有了你

你的影
存在每天夜裡
從黃昏到黎明

戀你
我的唯美
憔悴了靈魂乾了眼淚
花謝
真情已給
飲一杯來世水贖我原罪

情似迷迭喚影雙

夜好漫長
折了心事
斷了月彎
草原上
愛情在流浪

蝴蝶想沾溼翅膀
陪著雨薇
一起枯萎
變黃

夜色倚著月光

風在樹梢呢喃
雲在水面遊蕩

疊疊的千山
不見昨日的影雙

遠處炊煙　悠然
藍色迷迭的香
清晰了你的模樣

且將詩詞　墨染
一筆春秋一筆傷

水中的月
究竟還是無法圓方

采詩集

情的故鄉

情繫樓蘭

情愁吟

情影不分明

情的第五季憂傷

情曲憶流年

情是否再見

情的文

情醉春風

情的輪迴

情無解

情被偷走的傷

情已成真

情影未曾離

情鬓結霜

情似迷迭嗅影瘦

在水一方

情的故鄉

文：平梵

情的故鄉

秋意入江
蜿蜒情路百轉
時光卷軸上
愛　停留在玫瑰的彼岸

我輕吟在水一方
愁不相看
竟也將月下唯美
畫成紙上的傷

我聆聽寂寞秋蟬
遺忘煙冷心房
游移的目光
憐惜著落花飄墜向晚

愛情於酒醇釀
戀你在忘為難
時空無窗
相見迢遙遠隔山外山

天涯從此兩端
緣份可否逆轉
燃一縷心香
我會等你在情的故鄉

情繫樓蘭

夕陽金黃
閃耀無盡沙山
風雕的稜線
是永恆與你漫舞的飛翔

時光橋廊
頹城荒草煙漫
苦等的容顏
糾纏何曾被遺忘的遺憾

古國的王
看不見兩千年後的月光
淒美神話一段
淚眼雙手埋葬的樓蘭

寒夜冷霜
宿命流轉
你眼神憂鬱的傷
深刻在我永世輪迴的心岩上

擒月欲止滄桑
歲月　又怎能將渴望瀝乾
你　美若星河般的璀璨
可還記得我　曾是你樓蘭的王

文　平梵

情愁吟
簷雨音
滴夢醒
誰人眼中淚盈盈
孤窗落筆訴衷情
燈下影隨行
思愁寄風聽
青山徑
浮水亭
何處無憂
那堪回首
一池湖水暗冷清
三更風起飄落英
緩緩醒月明
竹笛望瑤琴
天上人間怎相迎
平梵

情影不分明

文 平梵

我曾經戀過一片雲
但雲
並未因此而靠近
我曾經愛過一池柔水
但柔水
並未因此而更清晰
如果有一天
天不再流淚
你是否
還會記得細雨中
我的吻
走失的青春
逝去的戀情

一如
星辰看不見月光
河流飄不到海洋
那樣的
淒淒找尋
這夜
我聽雨在找心
舊景靜默
如新
彷彿所有愛的迴音
再次盤旋
不停
你的影子
離我越來越近
似幻如真
情也不分明

情的
第五季憂傷

山丘上
楓紅的葉
春染著冬涼

雲霧裡
月下的風
搖晃著海洋

天空　半掩著夕陽臉龐
海鷗　舞動著金黃波浪
而我
卻走入了第五季的憂傷
從春暖到迷上冬霜
從翠綠到愛上蒼茫
誰說苦痛一定要將它遺忘

我笑癡　我笑狂
情的第五季憂傷
寫在了　冬天背後的牆
寄在了　春天遙遠前方

我愛悲　我荒唐
情的第五季憂傷
染白了我　季節的迷惘
顛覆了我　未來的想像

冬季的老樹一樣堅強
春季的花朵一樣繁忙

而我
只想停留在這第五季的憂傷

文　平梵

情曲憶流年

彈指琴間
撥弄情弦
一曲一韻思華年

愁看碧雲天
徐徐歸雁
尋覓一世癡戀

南風冽豔
冷暖幾多花季流年
多情迷惘
盡付愁苦詩篇

月光下
揉碎心事萬千
清澈了誰人婉約雙眼

揮著柔情似水的劍
舞情緣
那一遍又一遍的纏綿
落盡冬雪未眠

曲水邊
難捨蝶影雙雙流連
風煙殘夢般的眷戀

平梵

情是否再見

文　平梵

夜沉沉的睡別讓我憔悴
風冷冷的吹別讓我傷悲
春夏秋冬我都不要誰
只想一個人　你來陪

難忘的季節
想念的夜
愛情誓言
寫在今晚柔柔的月光上面
問你是否看見

霓虹燈下的街
忘不了的午夜
緣份斷了線
失去彼此存在的空間
風雨和思念交接
冰冷與溫度堆疊

為什麼讓我愛上了你
然後不顧一切
為什麼讓我的心如此頹廢傾斜
造成解不開的結

拋下所有一切
只願與你再見一面

情的文

點亮桌上一盞小燈
寫下一段平凡的文

某天你的眼睛
打開了我的心門
走進了我的靈魂

幸福是種氣氛
但掩不住愛你的深

每當你離去的時分
留下了我些許心疼

寂靜的夜已漸深沉
想起你不再會有冷

日子雖然沒有多彩繽紛
總覺得所有的已經可能

該說出了內心的真誠
只知道不能再讓你等

思緒隨著心情狂奔
在每個有你的夜
一切是那麼的真

我會帶著你的心
漫過人生的旅程

文 平梵

情醉春風

微微的風
伴著今晚的夜空
吹皺了　荷塘春水一夢
帶走了　幾片夕陽殘紅
昨夜的花影
如今飄落成塚
淒美了院庭
辜負了往日情夢
我教春風
別走得太匆匆
我教夕陽
留下一抹霞紅
譜一段相思戀曲
告別一場離情的傷痛
晚鐘　聲輕送
相逢　詩意中
情酒對雙杯
你我陶醉在春風

平梵

情的輪迴

文　平梵

輪迴的神話
遮掩落日晚霞
奈何橋上
情路被迫分岔

我眼含千年風沙
堆思念成塔
只因留下
對你不變的牽掛

我讓雨聲為你滴答
我遣四季為你開花
不畏烈日風刮
只問你　還能記得我嗎

月冷　伴落花惆悵
風涼　隨秋心感傷
念念對你的不忘
翻滾在每一次的潮來潮往

許一個來生願望
輪迴的力量
別讓我們的愛從此埋藏
婉轉　堅強
與你戀在下一個世紀的月光

情無解

晚風徐徐
冷凝的氣息
思念已成無語
愛情化做淚決堤

輕聲問雨
悲傷總是你
風兒彈奏一曲
別感情無解習題

楓紅時分中偶遇
烙印難忘冬季
寄情絲一縷
輕輕傳遞

情願將一生給予
相擁柔情懷裡
愛不變延續
浪漫天際

平梵

情被偷走的傷

誰偷了今晚月光
讓長夜變得漫漫

你撥方外琴弦
情傳萬水千山
我搖手中鼓響
音　卻不過眼前山巒

岸邊小船輕晃
街燈細雨來問茫茫
秋意詩篇
可否唯愛書情行行

你是我僅存的浪漫
愛的絕響
你若舞姿翩翩
我便隨風悠揚

可嘆
誰偷了前世月光
讓你再也憶不起過往

你在閣樓一笑嫣然
奈何　突把窗關
留下一夜涼寒
片片秋傷

平梵

情已成真

曾經你的吻
落入了我的僅存
曾經你的夢
帶走了我的靈魂

其實你並不殘忍
只是我很笨
靜靜的一直在等

我　只有一生
雖然結局已經遠離了可能
你的心依舊暖著我的冷

冬天葉子　凍著的傷痕
在等春天　送來的手術
愛情越深　越無法完整

來世所有的緣份
已經換取了今生的心疼
多情總餘恨
夢早已成真

情影未曾離

一片落葉
一片心
一朵浮雲
一縷情

我在柳妝荷岸
輕歌捉夢影
碎雨入鏡
寂寞曲橋風停

昔日一盞燈
燈下三年影如新

夜色迷離
夢斷不醒
晚鐘清音
恰似你聲喚我名

誰說融雪無痕
流水戀過無跡

久別遙遙問後期
一句真心
點點化作池畔青萍

平梵

情髮結霜

月倚窗
燈影搖晃
我將思念打翻
冷了心中微寒
疼了柔弱舊傷

愁　隨晚風飄上
愛　變得冷漠荒涼
望手蒼白一雙
闔眼疊枕難安

淚水越過傷心門檻
悄然滑落臉龐
你溫柔的模樣
教我如何將你遺忘

戀冬季
模糊中　我不孤單
失去你
日子折翼無法飛翔

遠望河堤水岸
我將心捧上
愛你的門　想闌
不忍再見墨髮暗暗結霜

平梵

情似迷迭
喚影雙

夜好漫長
折了心事
斷了月彎
草原上
愛情在流浪

蝴蝶想沾濕翅膀
陪著雨薇
一起枯萎
變黃

夜色倚著月光
風在樹梢呢喃
雲在水面遊蕩

疊疊的千山
不見昨日的影雙

遠處炊煙　悠然
藍色迷迭的香
清晰了你的模樣

且將詩詞　墨染
一筆春秋一筆傷

水中的月
究竟還是無法圓方

文、平梵